Werner Färber

Geschichten von der kleinen Prinzessin

Illustrationen von Karin Schliehe

*Der Umwelt zuliebe ist dieses Buch
auf chlorfrei gebleichtem Papier gedruckt.*

ISBN 978-3-7855-4907-0
3. Auflage 2007
© 1998 Loewe Verlag GmbH, Bindlach
In anderer Ausstattung bereits 1998 beim Verlag erschienen.
Umschlagillustration: Karin Schliehe
Reihenlogo: Angelika Stubner
Printed in Italy (011)

www.loewe-verlag.de

Inhalt

Pia küsst den Prinzen 8

Merkwürdige Krankheit 17

Kurz nach Mitternacht 23

Keine Feier ohne Sindbad 30

Pia küsst den Prinzen

Die kleine  Pia spielt mit Eduard. Eduard ist ein echter . „Wollen wir  und  spielen?", fragt Pia. „Ich bin die  und gehe einkaufen. Und du küsst mich, bevor ich unser  verlasse."

„Können wir nicht lieber spielen,

dass ich mein  sattle

und jage?", fragt der .

„Gut! Dann gehst eben du aus dem ", stimmt Pia zu.

„Geküsst wird so oder so." „Aber ohne zu sabbern", sagt der .

„Versprochen", sagt die kleine .

Eduard verzieht das  und schließt die 👀 . Zaghaft beugt er sich Pia entgegen. Kaum hat sie ihn geküsst, verschwindet der 🤴 in einer dunklen ☁ .

„Was ist denn nun los?", fragt Pia.

Die ☁ verzieht sich. Wo eben

noch Eduard gestanden hat, hockt

nun ein 🐸. „Ach, du dickes 🥚",

sagt die kleine 👸 erschrocken.

„Küssen ist doof", quakt der beleidigt. Pia lacht. „Lach nicht. Küss mich lieber noch mal", sagt Eduard, der . „Muss das sein?", fragt die kleine . Sie ekelt sich vor dem .

„Aber ohne zu sabbern", sagt Pia.

„Versprochen", quakt Eduard.

Die kleine beugt sich

vorsichtig zu ihm hinunter.

Kaum hat sie den geküsst,

verschwindet er in einer .

Die  verzieht sich. Wo eben

noch der gesessen hat,

steht jetzt wieder der .

„Ich spiele nie wieder

und  mit dir", sagt Eduard.

„Schade", sagt die kleine .

„Ich würde dir ganz viele  fangen, wenn du wieder ein wärst."

Merkwürdige Krankheit

„Aufstehen, Pia", sagt die .

Die kleine versteckt sich

unter ihrer . „Beeil dich,

wir müssen bald los", sagt die .

„Ich bin krank", haucht Pia leise.

„Bist du krank, weil du heute

zum  musst?", fragt die

„Nein", sagt die kleine empört. „Ich habe kalte , und die  tun mir weh."

Nachdenklich legt die  einen  auf den .

„Zu dumm", sagt sie schließlich.

„Dann kannst du morgen nicht mit."

Pia richtet sich in ihrem

auf. „Wohin denn?", fragt sie.

„Wir wollen an den  fahren

und ein  machen."

„Und wenn ich mir warme

anziehe und eine dicke ?",

fragt die kleine . Die

wiegt den hin und her. „Ob

das so gut für dich ist?", fragt sie.

„Bestimmt", sagt Pia zuversichtlich.

„Ach, es klappt sowieso nicht!",

sagt die 👸. „Wenn du heute

nicht zum 👨‍⚕️ gehst, musst du

ja morgen hin." „Dann würde ich

es vielleicht doch lieber heute

erledigen", sagt die kleine 👧.

„Aber nur, wenn du nicht zu krank

bist", sagt die . Pia springt

aus dem und zieht sich an.

Und dann ist alles halb so schlimm.

Der findet nämlich, dass

ihre prima gepflegt sind.

Kurz nach Mitternacht

Pia knipst ihre 🪔 an. „Da ist

jemand an der 🚪, Sindbad",

sagt sie zu ihrem 🐕. „Vielleicht

ein 🤺 oder ein 👻."

Sindbad knurrt. Dann schläft er

einfach weiter. Die kleine 👸

steigt aus ihrem warmen 🛏.

Vorsichtig öffnet sie die .

Der  tapst barfuß an ihr

vorüber. Warum der wohl so

spät durchs  geistert?

Pia schleicht hinter ihm her.

Der  geht zum 🧊 und

nimmt 🥛 und 🥚 heraus.

Er holt 🌰 aus dem 🗄️.

Er stellt alles auf den 🪵,

was er noch für einen 🎂 braucht.

Er bindet sich seine rote  um und greift zum . Pia kichert. Der rührt nämlich in der leeren . „Willst du nicht erst alles in die geben?", fragt die kleine .

Doch der  hört sie nicht.

„Huch, der schläft ja noch", sagt

Pia. Die kleine beschließt,

ihm zu helfen. Sie schlägt

die  auf und gibt nach und

nach alles in die große .

Der rührt immer weiter.

Schließlich füllt er die .

Die stellt er in den heißen .

Dann legt er seine  ab

und geht. „Schlaf gut", sagt Pia.

Sie schaut nach, wie lange

ein  backen muss.

Müde wartet sie am , bis er fertig ist. Sicher wird sich der morgen wundern, wer diesen wunderschönen gebacken hat, während er im  lag.

Keine Feier ohne Sindbad

Heute sind viele  eingeladen. Die kleine wird sechs. Sobald die  untergegangen ist, soll es ein  geben. Pia freut sich aber überhaupt nicht mehr darauf. Sindbad ist verschwunden.

Die kleine  sucht ihren im ganzen . Die , der und auch der und der helfen mit.

Doch Sindbad ist

weder in seiner

noch in einem der hohen .

Er ist weder unter einem  noch hinter einem zu finden.

„Jetzt muss ich mich aber langsam um das 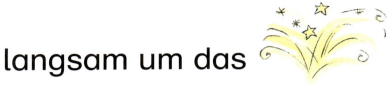 kümmern", sagt der .

„Ich pfeife auf das ",

sagt Pia. „Ohne Sindbad mag ich

überhaupt nicht feiern." „Und was

ist mit den vielen , die du

eingeladen hast?", fragt die .

„Na gut", sagt die kleine

traurig. Als es dunkel ist, geht sie

zum , um das zu

sehen. Zwei  eilen herbei

und rollen den roten aus.

„Danke", sagt Pia leise. Plötzlich klatsch sie freudig in die .

Mit dem roten  rollt Sindbad direkt vor ihre .

Ihm ist ein wenig schwindelig.

Aber sonst geht es ihm gut.

„Hier steckst du!", ruft die kleine

und streichelt ihren  .

Und jetzt kann sie es kaum erwarten, dass der  das  zündet.

Die Wörter zu den Bildern:

 Prinzessin
 Augen

 Prinz
 Wolke

 Königin
 Frosch

 König
 Ei

 Schloss
 Fliegen

 Pferd
 Decke

 Wildschweine
 Zahnarzt

 Gesicht
 Füße

Ohren
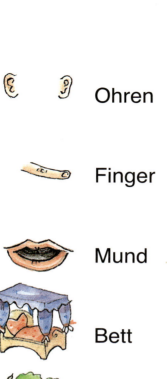 Zähne
 Lampe

Finger

 Tür

Mund

 Hund

Bett

 Räuber

 See

 Gespenst

 Picknick

 Koch

 Socken

 Kühlschrank

 Mütze

 Kopf

 Milch

Nüsse
 Kinder
 Schrank
 Sonne
 Tisch
 Feuerwerk
 Kuchen
 Gärtner
 Schürze
 Hofnarr
 Schnee-besen
 Hundehütte
 Schüssel
 Türme
 Backform
 Busch
 Backofen
 Baum

 Balkon

 Teppich

 Hände

Diener

Werner Färber wurde 1957 in Wassertrüdingen geboren. Er studierte Anglistik und Sport in Freiburg und Hamburg und unterrichtete anschließend an einer Schule in Schottland. Seit 1985 arbeitet er als freier Übersetzer und schreibt Kinderbücher. Mehr über den Autor unter www.wernerfaerber.de.

Karin Schliehe, geboren 1964, studierte Grafikdesign mit dem Schwerpunkt Buchillustration. Seit 1989 arbeitet sie als freie Illustratorin für verschiedene Verlage. Neben Bilder- und Kinderbüchern gestaltet sie auch lustige Spiele für vergnügliche Stunden.

In der Reihe Bildermaus erzählen vier kurze Geschichten von den Abenteuern einer liebenswerten Figur, von einem spannenden Schauplatz oder von wichtigen Festen des Jahres. Im Text werden alle Hauptwörter durch kleine Bilder ersetzt, die schon Kinder ab 5 Jahren beim gemeinsamen (Vor-)lesen erkennen und benennen können. Mit der Bildermaus wird das Lesenlernen zu einem wirklich spannenden Vergnügen.

Die 1. Stufe
der Loewe Leseleiter